CATALOGUE

DE

TABLEAUX

ANCIENS

Des Écoles Hollandaise, Flamande, Allemande & Française

FORMANT LA COLLECTION

De Feu M. UDWARNOKY

Du Château de GOMBA (Hongrie)

DONT LA VENTE AUX ENCHÈRES PUBLIQUES AURA LIEU

HOTEL DES VENTES, RUE DROUOT, 5

SALLE N° 1

Le Lundi 30 Octobre 1865

A UNE HEURE ET DEMIE

Par le ministère de Me **CHARLES PILLET**, Commissaire-Priseur,
rue de Choiseul, 11,

Assisté de **M. FEBVRE**, Expert, rue Laffitte, 12,

CHEZ LESQUELS SE DISTRIBUE LE PRÉSENT CATALOGUE

EXPOSITION PUBLIQUE

Le **DIMANCHE** 29 Octobre 1865, de une heure à cinq heures.

PARIS — 1865

EXEMPLAIRE DE H STETTINER

CATALOGUE

DE

TABLEAUX

ANCIENS

Des Écoles Hollandaise, Flamande, Allemande & Française

FORMANT LA COLLECTION

DE FEU M. UDWARNOKY

Du Château de GOMBA (Hongrie)

DONT LA VENTE AUX ENCHÈRES PUBLIQUES AURA LIEU

HOTEL DES VENTES, RUE DROUOT, 5

SALLE Nᵒ 1

Le Lundi 30 Octobre 1865

A UNE HEURE ET DEMIE

Par le ministère de Mᵉ **CHARLES PILLET**, Commissaire-Priseur,
rue de Choiseul, 11,
Assisté de **M. FEBVRE**, Expert, rue Laffitte, 12,
CHEZ LESQUELS SE DISTRIBUE LE PRÉSENT CATALOGUE

EXPOSITION PUBLIQUE

Le DIMANCHE 29 Octobre 1865, de une heure à cinq heures.

PARIS — 1865

CONDITIONS DE LA VENTE

Elle sera faite au comptant.

Les Acquéreurs paieront, en sus des adjudications CINQ pour CENT applicables aux frais

DÉSIGNATION

DES

TABLEAUX

ALBANI (Francesco)

1 — Amour faisant des bulles de savon.

ARTOIS (Jacques Van)

2 — Paysage boisé, avec rivière et marche d'animaux.

ASSELYN (Jean)

3 — Paysage; sur le devant, une rivière où un cavalier fait boire son cheval.

BALEN (Van)

4 — Groupe d'Amours dansant près de Vénus.

BALESTRA (Antonio)

5 — Le Baptême de Jésus.

BEGYN (A.)

6 — Pâtre et Villageoise gardant des animaux dans un paysage.

BEGYN (Attribué à A)

7 — Paysage avec entrée de ville italienne ; sur le devant, un pâtre, une villageoise et des animaux.

BERCHEM (École de)

8 -- Paysage avec pâtre et animaux.

BLOOT (Pierre)

9 — Saltimbanques dansant devant un seigneur et sa famille.

BLOEMEN (Van, dit Orizonti)

10 — Port de mer italien animé de figures.

11 — Pendant du précédent.

BRAND (le père)

12 — Paysage avec moulin à vent.

13 — Paysage avec rivière.

14 — Paysage avec canal.

BRAND (le fils)

15 — Paysage avec moulin à eau.

BRAKENBURG (Genre de)

16 — Villageois flamands réunis dans une chambre basse.

BRÉEMBERG (B.)

17 — Paysage avec ruines antiques.

BREYDEL (le chevalier)

18 — Choc de cavalerie.

CARRACHE (Louis)

19 — Saint Jean précurseur.

CANALETTI (École de)

20 — Deux vues de Venise.

CAPELLE (Van)

21 — Port de mer et ville hollandaise.

CARPIONI (Julio)

22 — L'Ivresse de Bacchus.

23 — Les Vendanges de Bacchus.

CORTINI (Pietro di)

24 — La Vierge, l'Enfant Jésus et le petit saint Jean.

COYPEL (Noel)

25 — Le Jugement de Pâris.

26 — L'Enlèvement de Proserpine.

DEBOIS

27 — Paysage. A gauche, chaumière entourée d'arbres touffus ; à droite, un canal ; sur le devant, une route où chemine un villageois.

DEWETH

28 — Esther aux pieds d'Assuérus. Composition capitale.

DIÉTRICH (C.)

29 — Le Maréchal ferrant.

30 — Chevaux à l'abreuvoir.

DOMINIQUINO ZAMPIERI (Attribué à)

31 — Le Bain de Diane.

DONING

32 — Intérieur avec trois personnages. Effet de lumière.

DYCK (École de VAN)

33 — Portrait d'homme.

DOW (Genre de GÉRARD)

34 — Cavalier buvant à la santé d'une jeune dame.

ELZHEIMER (ADAM)

35 — Paysage avec grande quantité de personnages. Sujet biblique.

ESSELENS

36 — Plage hollandaise. Sur le devant, des pêcheurs et des cavaliers.

FUGER (HENRI)

37 — Le Jugement de Pâris. Composition capitale.

FRANCHINI (NICOLAS)

38 — Éliézer et Rébecca.

39 — Judith tenant la tête d'Holopherne.

GLAUBER ET LAIRESSE

40 — Paysage arcadique animé de figures.

GRIFF

41 — Chien de chasse et Gibier mort.

HELMONT (VAN)

42 — Intérieur d'Estaminet flamand avec Buveurs et Fumeurs.

HEUSCH (Attribué à GUILLAUME de)

43 -- Paysage, site italien; soleil couchant.

HEYDEN (Genre de VAN DER)

44 — Maison hollandaise près d'un canal.

45 — Même genre et pendant du précédent.

KABEL (VAN DER)

46 — Eutrée d'un Port de mer et d'une Ville italienne.

KLENGEL (JEAN-CHRÉTIEN)

47 — Paysage, Vue des Bords du Rhin.

ZAMBRECH

48 — Famille hollandaise réunie autour d'une table servie.

LANDI (le chevalier)

49 — Vénus et l'Amour.

LAIRESSE (Attribué à GÉRARD)

50 — Offrande à Diane.

LENAIN (Genre de)

51 — Colporteur parlant à une Marchande de volailles.

52 — La Réprimande.

LORENT (JEAN-FRANÇOIS)

53 — Paysage. Effet de lune.

54 — Paysage. Pendant du précédent.

LOTH (CHARLES)

55 — Lucrèce et Tarquin.

56 — Guerrier offrant des présents à une femme.

MEER (J. VAN DER)

57 — Paysage animé de Figures.

MOLITOR (MARTIN DE)

58 — Paysage Soleil couchant.

OSTADE (ISAAC)

59 — Buveurs et Fumeurs dans un estaminet hollandais.

PALAMÈDES

60 — Choc de cavalerie.

PANINI (Genre de)

61 — Orientaux visitant des ruines antiques.

62 — Les Catacombes de Rome.

POELENBURG (C.)

63 — Nymphes au Bain.

PIETRO (Della Vecchia.)

64 — Sujet mythologique.

65 — Le Sommeil d'Endymion.

QUERFURT (Auguste)

66 — Halte de Cavaliers près la tente d'un camp.

67 — Même genre de composition et pendant du précédent.

SANTERRE (Attribué à)

68 — Jeune Homme vu en buste, jouant de la flûte.

SEIBOLDT (Chrétien)

69 — Vieillard représenté en buste.

SON (Van) Signés

70 — Groupes de Fruits. Deux pendants.

SCHMIDT (M.)

71 — Marine hollandaise; gros temps.

STEEN (Attribué à JEAN)

72 — A gauche, une habitation près de laquelle sont attablés des buveurs ; sur le devant, un homme chancelant soutenu par sa femme ; à droite, une place publique, avec joueurs de boules.

STORCK (ABRAHAM)

73 — Marine hollandaise.

TÉNIERS PÈRE

74 — Fumeurs dans un estaminet.

UTRECHT (VAN)

75 — Oiseaux de basse-cour dans un paysage.

VAROTARI (ALEXANDRE)

76 — Le Petit saint Jean tenant la Croix.

VITELLI (VAN)

77 — Intérieur d'une ville italienne.

WOUVERMAN (Genre de PH.)

78 — Cavalier arrêté à la porte d'une auberge.

79 — Le Maréchal ferrant.

WYNANTS (Genre de JEAN)

80 — Paysage avec pâtre et animaux.

WYCK (Thomas)

81 — Port de mer italien. A gauche, l'entrée d'une ville avec forteresse; à droite, une rade avec navires; sur le devant, plusieurs femmes et des marchands orientaux.

ZORG (Attribué à)

82 — Intérieur d'une habitation flamande. A gauche, quelques buveurs; à droite, des ustensiles de ménage et des légumes; aux murs, divers accessoires appendus.

ÉCOLE ESPAGNOLE

83 — Jeune femme espagnole occupée à filer; près d'elle est une petite fille.

84 — Petite fille offrant une grappe de raisin à sa mère.

ÉCOLE ALLEMANDE

85 — Soldat tenant un glaive.

ÉCOLE ITALIENNE

86 — Sainte Famille.

ÉCOLE MODERNE ALLEMANDE

87 — Paysage avec moulin à eau.

INCONNU

88 — Portrait d'un jeune homme vu en buste.

Renou et Maulde, Imprimeurs de la Compagnie des Commissaires-Priseurs, rue de Rivoli, 144.   45869